# 夏天

## Suzy Lee

獻給在我兒時總是播音樂給我聽的媽媽

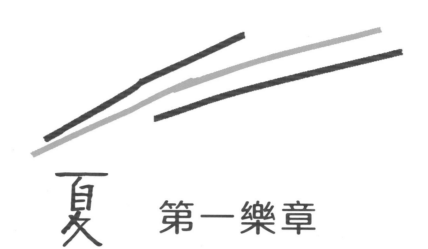

# 夏　第一樂章

不太快的快板

太陽火辣辣的，好熱。

樹木垂頭喪氣，我們也跟著萎靡不振。

這時傳來布穀鳥

「布穀布穀」的聲音。

我隨著那歌聲跑了起來。

呼，風颳得好大，

看來暴風即將來臨。

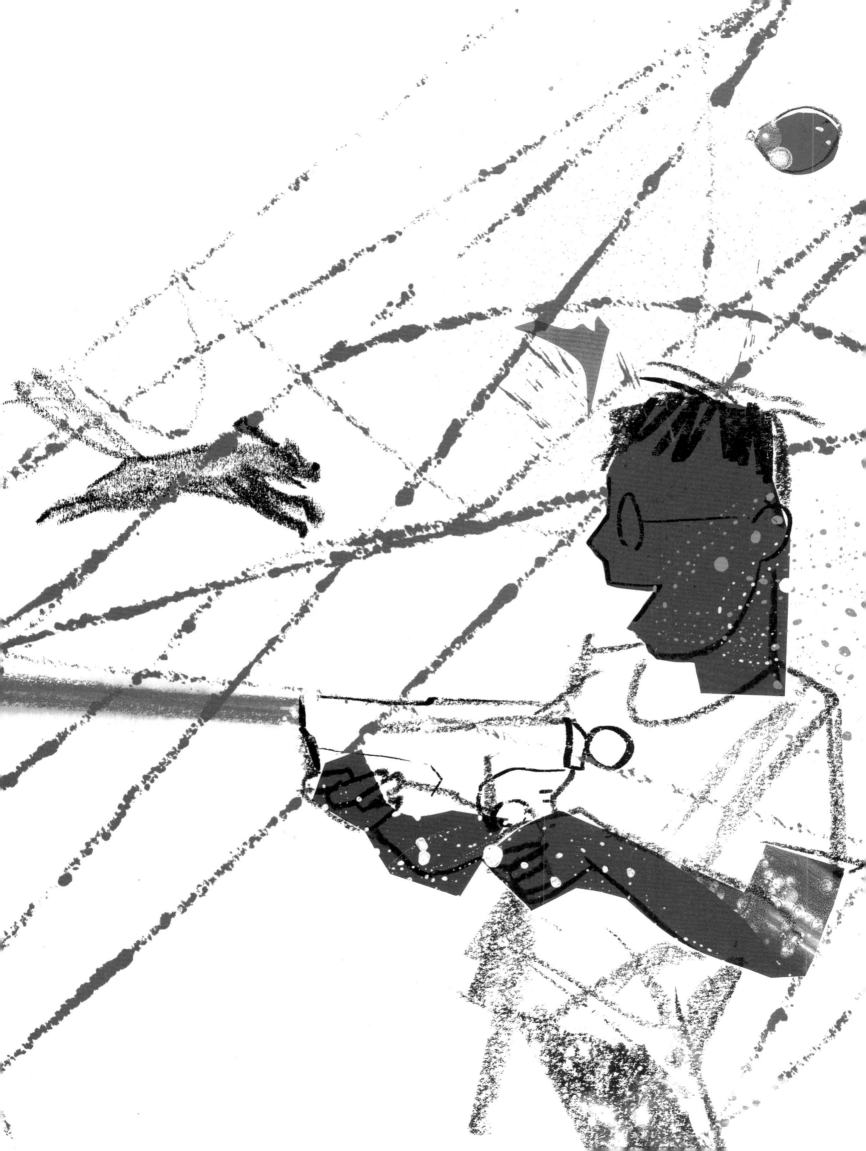

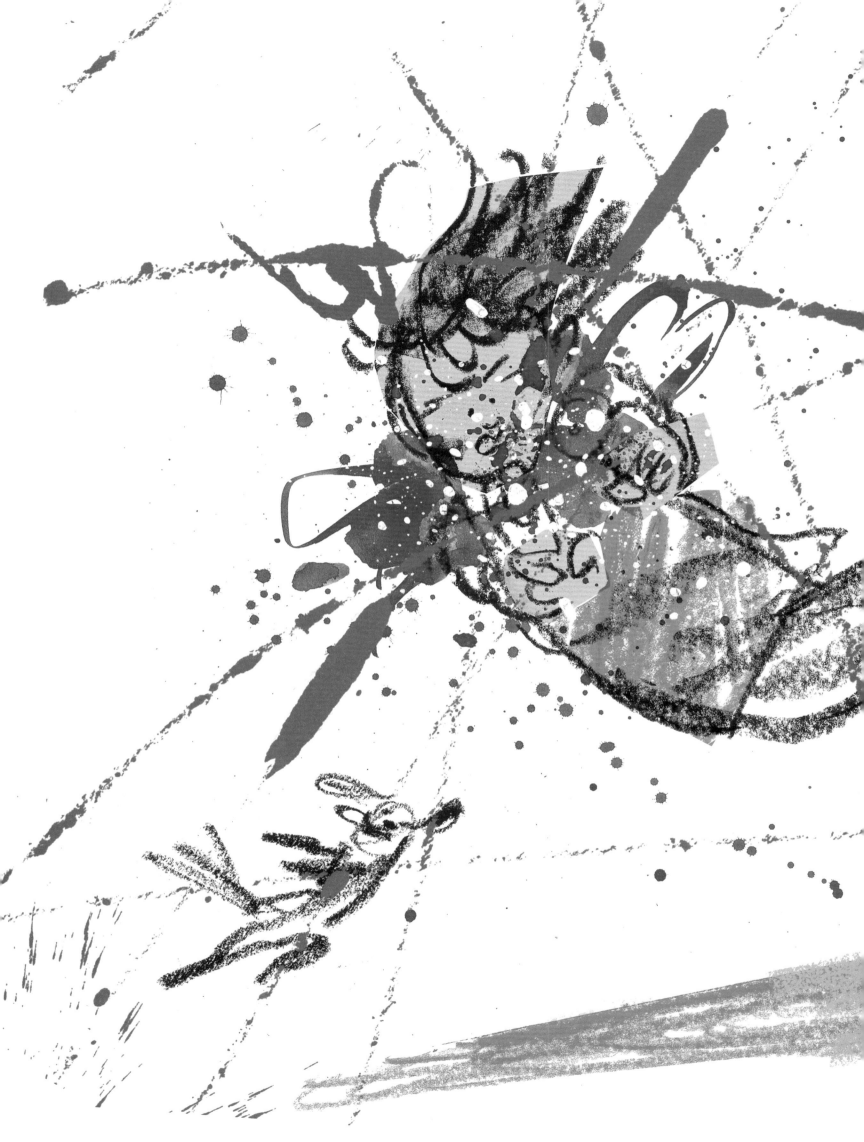

夏　第二樂章

柔板及弱拍 — 急板及強音

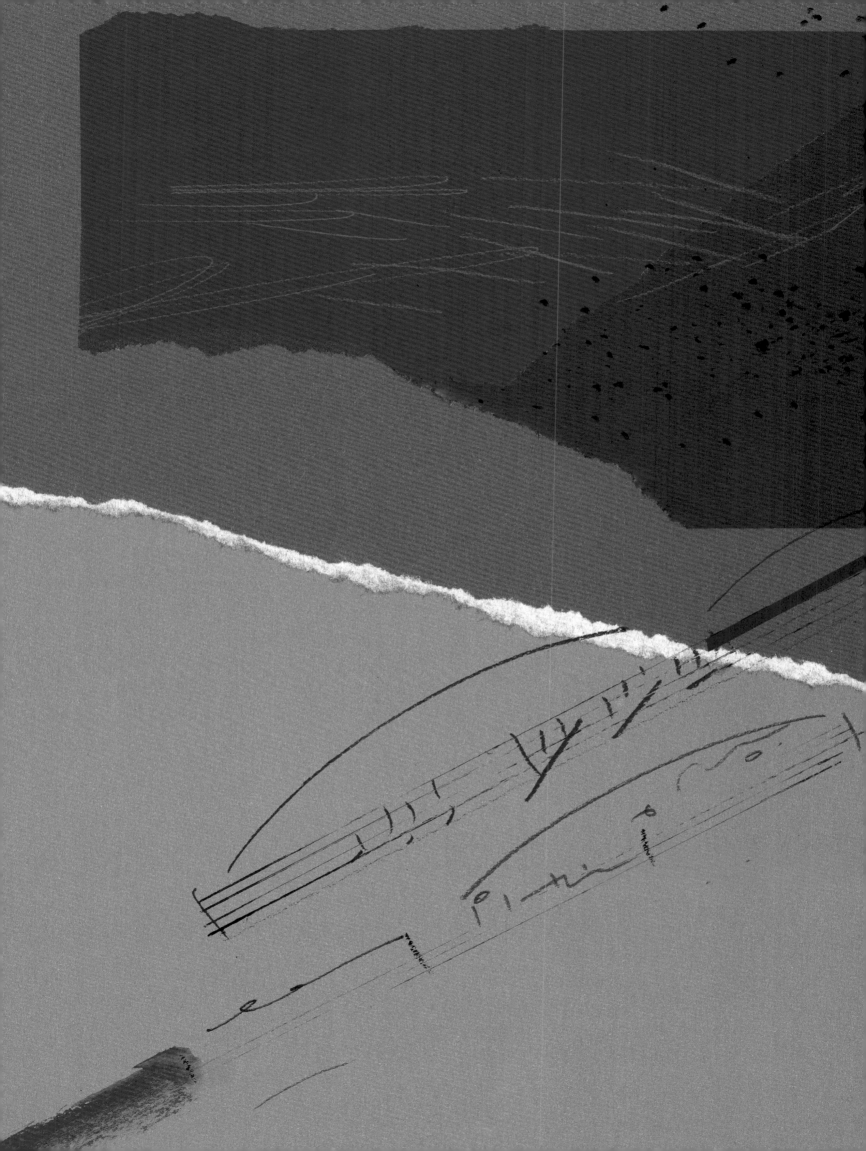

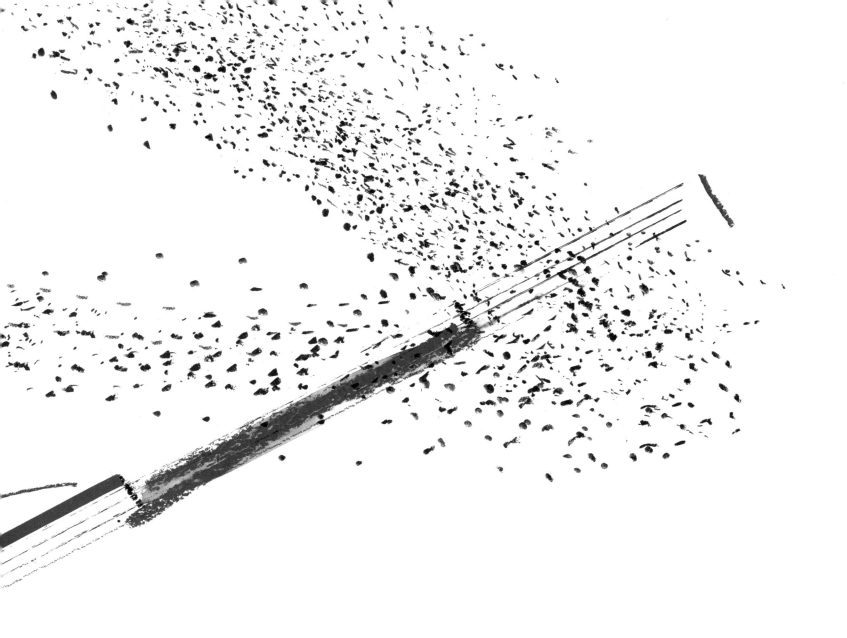

四周突然變得一片漆黑，

天空發出「轟隆隆」的聲響。

蒼蠅們嚇了一跳，吵鬧的嗡嗡作響！

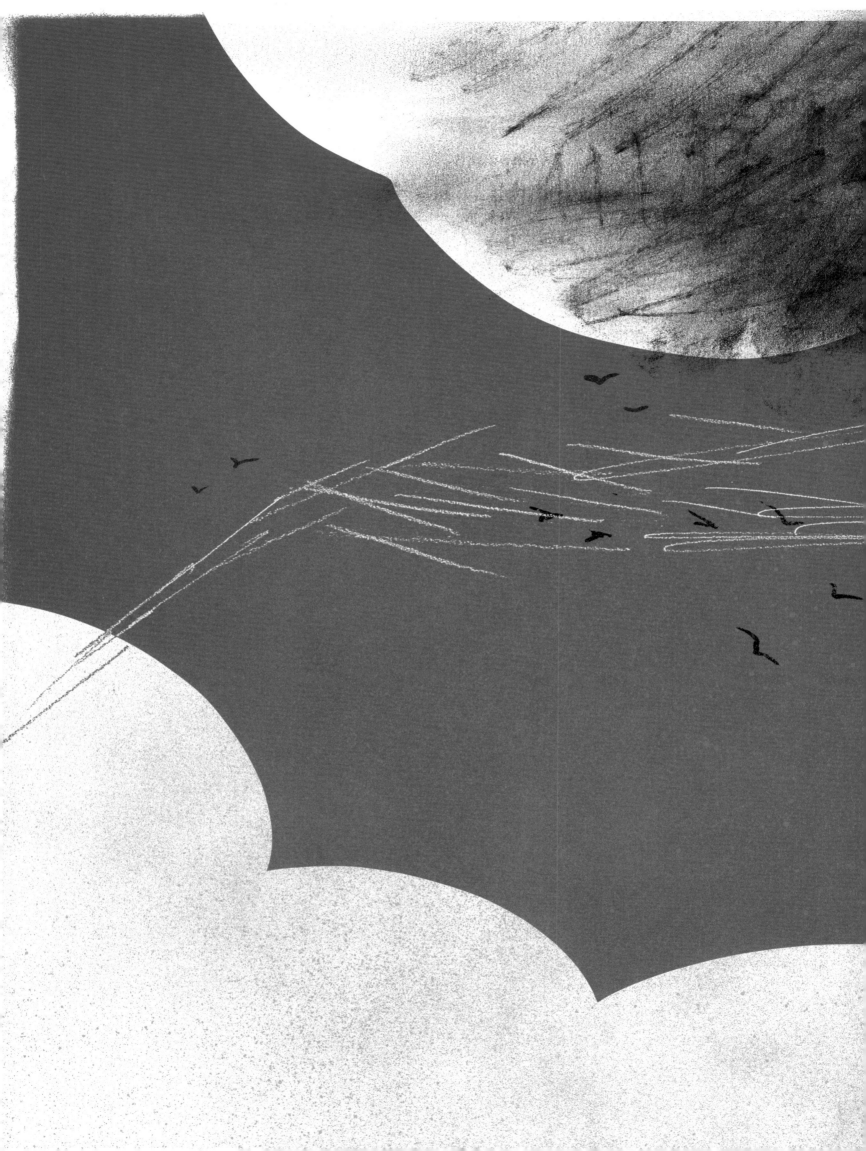

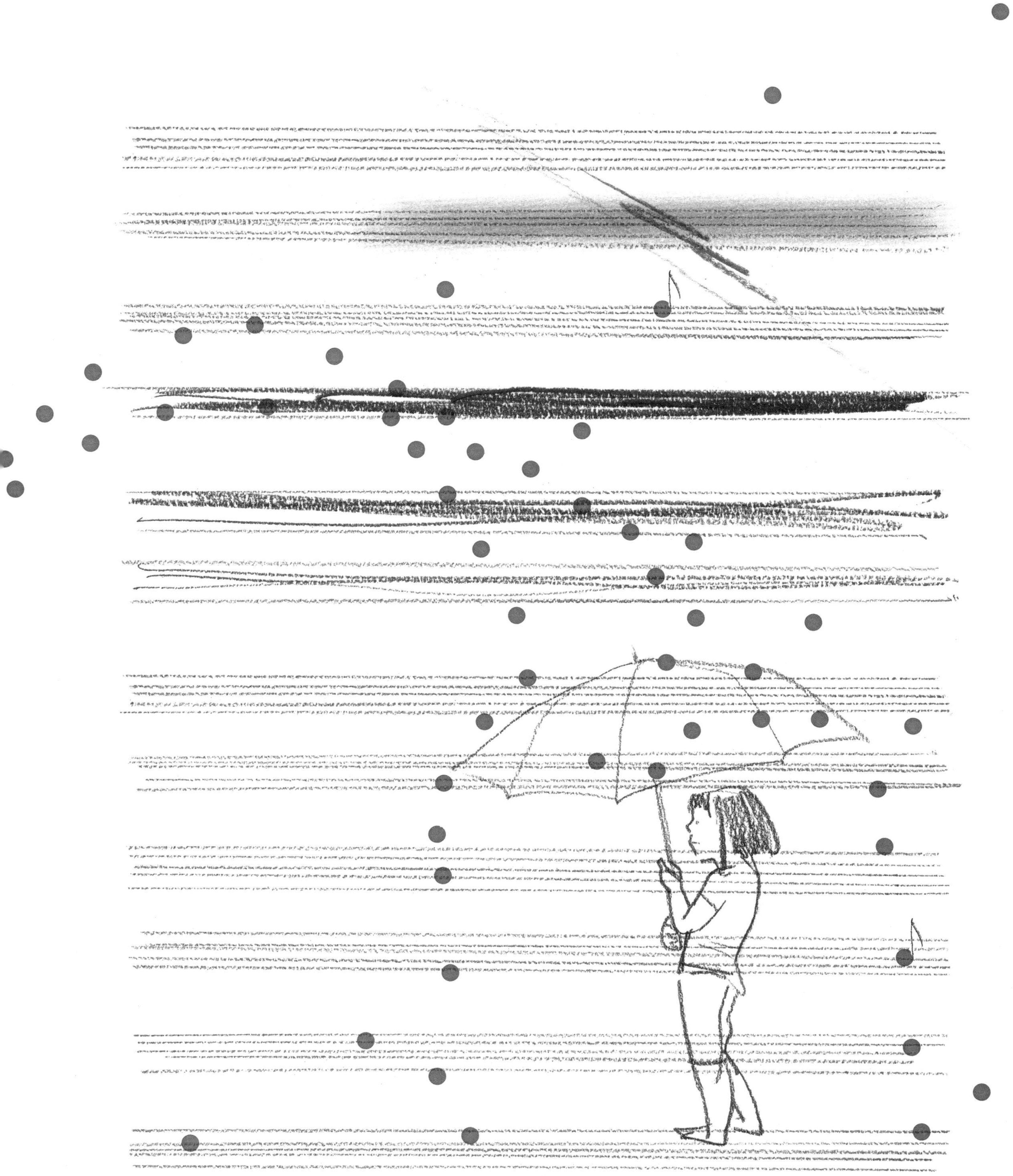

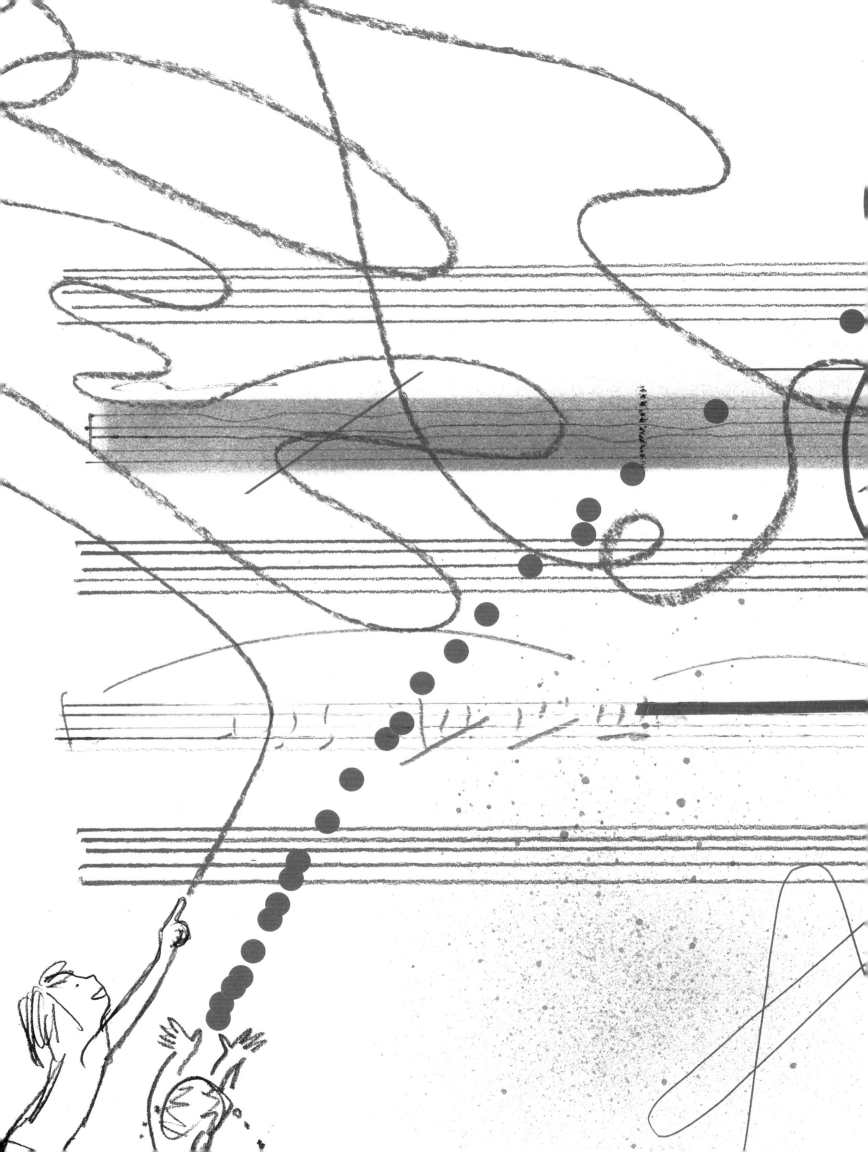

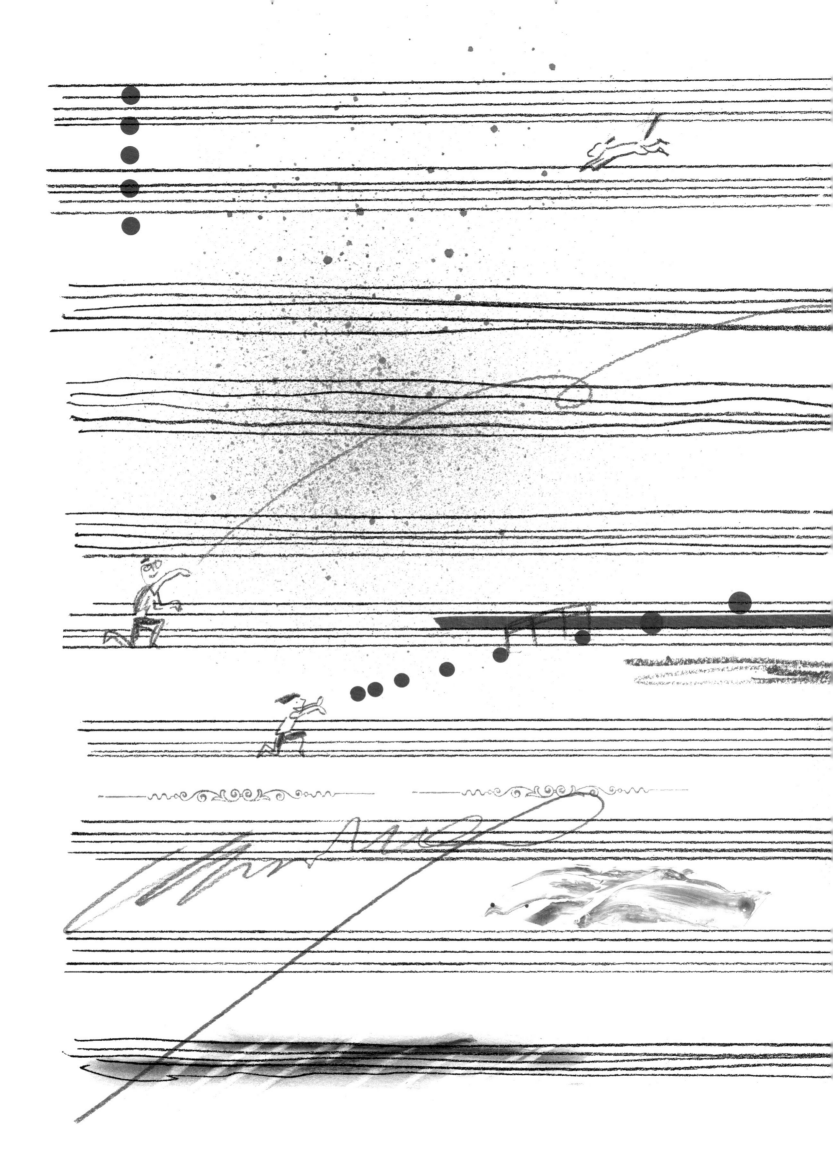

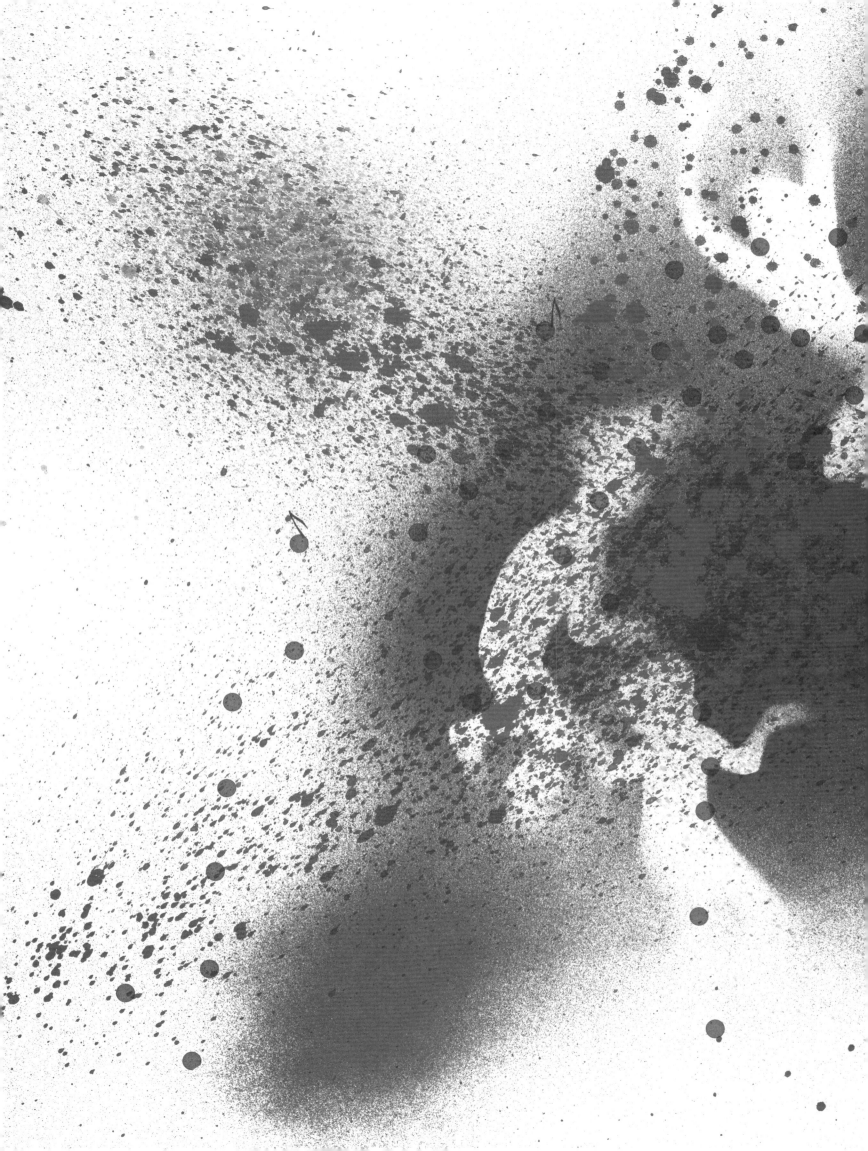

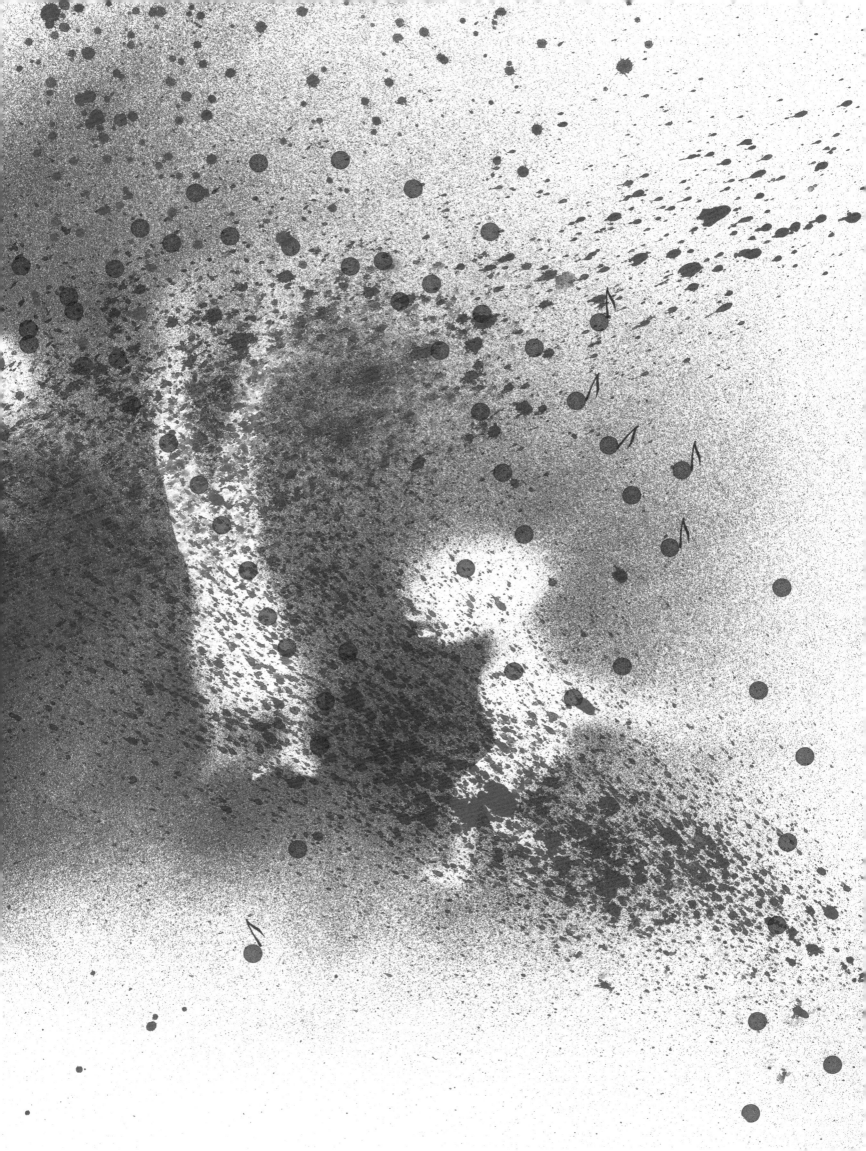

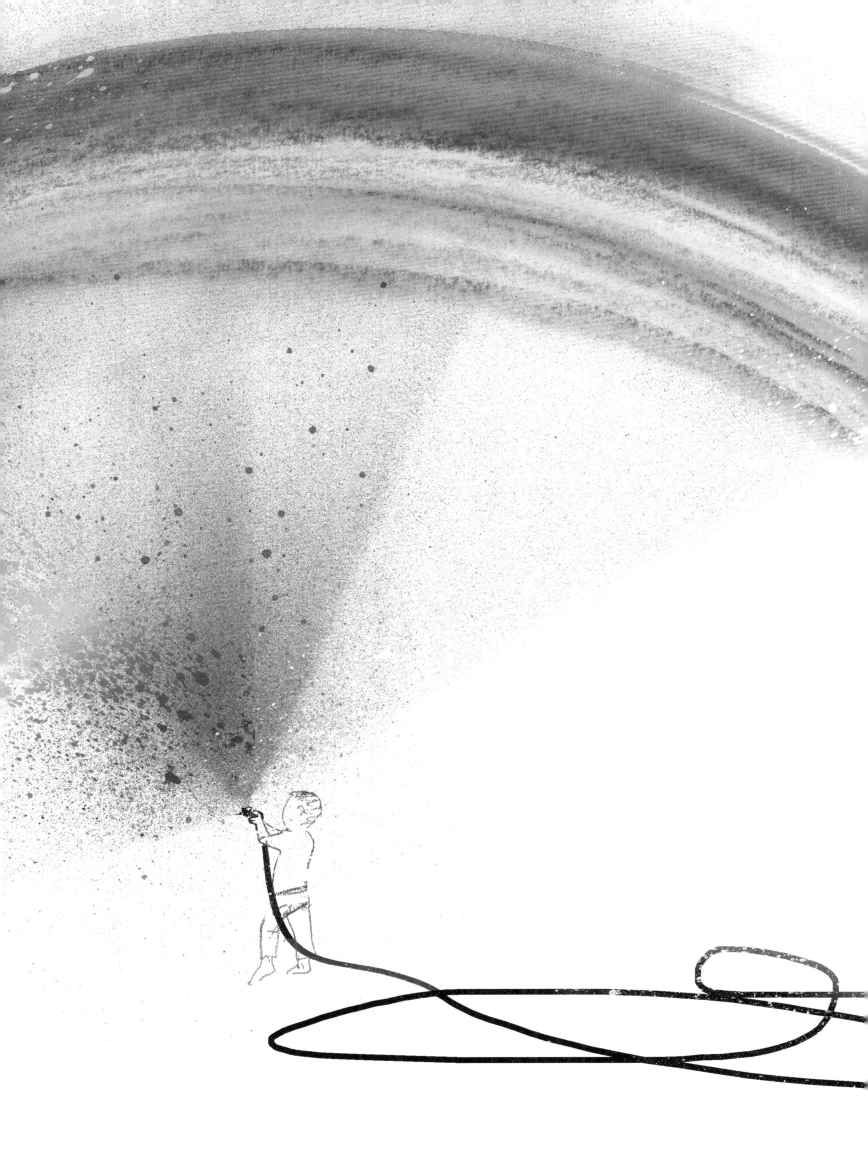

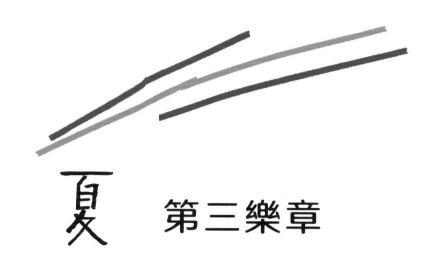

夏　第三樂章

急板

啊，真可怕。

電光閃閃，雷聲隆隆。

狂風襲來，大雨滂沱。

一切都翩翩起舞，像是要飛走似的。

我們院子裡的花兒該如何是好？

夏天來了。